你好嗎？
我一直在想你

可能無法時常見面，可能無法隨時聊天，

但你始終都在我的心裡面，我在默默關心著你，給你我的祝福。

力恩君 著

自序

大家好，我是力恩君，感謝大家的支持與購買我的第二本書。

除了把創作放在螢幕上的呈現，也很開心能把它用書籍的形式呈現，讓作品多了更多溫度與接觸。如果有購買第一個作品《在我眼中，你是最棒的！》一書的朋友，應該也會發現在畫風上有了一些變化，這也是創作中裡最有趣的事情，可以隨著時間的前進，看到自己筆下人物的成長和變化。

從小，我就很喜歡畫圖，因為它能把任何天馬行空的想法，藉由繪畫來實現。漸漸地，畫畫成為我生活中抒解壓力的方式之一，也讓我決定以後要用手上的畫筆，在未來的路上繼續前進。過程中雖因課業關係有中斷了一陣子。但看到許多人都因為堅持自己的理想抱負，最終因而成功，所以也讓我開始思考，自己的夢想到底是什麼？「成為插畫家是我的夢想嗎？如果這麼快就放棄，那麼豈不是注定不會成功了嗎？」僅僅只是想法上的改變，就讓我有了繼續往創作這條路前進的力量。

經過了一段時間的努力及創作，誕生了現在這些可愛的成員們：香蕉先生、小河童、小芭蕉、紅矮人、小小藍等人物，希望他們能為大家在生活中增添一些樂趣和溫暖。

本書共有四個章節，包括發表過的與全新創作，每一頁都是用簡單線條，加上繽紛的色彩，以及一句短句所構成具手繪感的溫暖小品，分別以：夢想、勇氣、生活與愛，做為各章節創作的分野，期待能夠用可愛且活潑的插畫，讓大家一起進入這個繽紛的小世界裡，並且每當你需要有人的陪伴時，能夠隨時再次回到這裡，得到心情上的支持與抒發。

目錄

◆ 第 一 章 ◆

夢想

流星方糖

擁有屬於自己的夢想，
人生的道路上就會感覺甜甜的。

這天，小河童決定
換走另一條路探險一下。

結果，發現了大黃瓜！

有時候，
改變一下角度，
說不定
就會有不同的發現。

找到自己想去的地方，
並朝這個方向
緩緩前進！

記得要把內心的那盞燈打開，
不要讓裡面充滿了
黑暗、傷心與恐懼。

13

喜歡在夢境裡自由飛翔。

17

長大後，
夢想也許變得
不再天馬行空，

當一個快樂的人，因為時間太少，
要忙著去開心，沒有太多時間可以讓我們
浪費在不愉快的事情上。

試了很多次還是沒丟到球，但小小藍依舊繼續嘗試。

因為一直丟入石頭，水位慢慢升高了…

突然發現水溢出了水桶。

球就跟著出來了。

不要害怕失敗，只要不輕易放棄，隨時都有可能出現新的轉機。

23

我們不用非要像超人，
但卻需要一顆勇敢的心。

我們都還在學習，所以不小心就會犯錯，
就當做是一次經驗，反省後再重新來過就好。

我們都還在學習，所以不小心就會犯錯，若是這樣，就當做是一次經驗，反省後再重新來過就好。

每一個人都會有不小心犯錯的時刻，我們無法像是一台機器般能幾乎無失誤地把每樣事情都做好，況且就連是機器也會有故障的時刻。

所以，犯錯時不要急著去掩飾或逃避，因為這樣反而只會讓事情變得更糟糕也更難解開；不如就把它當作是一次學習的經驗吧。

想想為什麼會犯錯？並加以改善，這樣不僅能夠成長進步，並在心中留下深刻的印象，同時也能給其他人作為借鏡，避免同樣的錯誤再次發生。因此，不要害怕跌倒，只怕跌倒後放棄再次前進的勇氣。

28

每個人都有屬於自己的優勢，
只要機會來臨就可以好好發揮，
所以不要把自己看輕了喲！

有時別過於要達到眾人的期望，
這樣很容易會失去最真實的自己。

有時別過於要求自己去達到眾人的期望，因為這樣很容易會失去最真實的自我。

有時，我們會很容易受到他人的影響，為了能夠成為他們眼中的完美形象，於是全力以赴、努力達到目標，滿足眾人對自己的期待，並強迫自己維持，不讓人失望。可是如此在乎別人想法，在過程中卻也會漸漸地把身心的能量給消耗掉，並逐漸對生活失去熱忱及希望，最後丟失了最真實的自己。

試著別過於要求自己去達到眾人的期望吧！因為太在意別人的期待所產生的改變，不一定全是自己能夠掌握，但做最真實的自己卻是自己可以做到並全力付出的。所以不要讓他人的期待成為一種阻力，失去面對自己的機會。

只要確定自己是在往前邁進，
就不用擔心下一步該怎麼走，
前方自然就會有路標出現。

好好珍惜
心中那部分與眾不同的自己，
因為它代表著大部分最真實的你。

jën

坐在名為「夢想」的鞦韆上，
努力地擺動，讓它愈盪愈高。

就是現在！
保留一段空白讓自己也休息一下。

一個好的夢想，
絕不會因為
慢慢來而落空。

快樂是掌握在自己手中的，
怎麼可以把遙控器
交給別人呢！

偶爾也要擁抱自己的心，
和他說說話。

偶爾也要擁抱自己的心，和他說說話。

還記得上一次安靜下來好好跟自己說話是什麼時候嗎？這裡說的並不是指一個人的自言自語，而是在內心裡面的一種自我思考，先給自己出一些題目，再一一解答。雖然有些問題或許無法馬上得到答案，但時間久了，也會變得清晰，方向也會漸漸明朗。

因此，當感覺到難過情緒低落時，也請試試靠自己的力量、跟自己說話，再從中走出來。因為，除了自己，沒有人知道問題的癥結在哪裡，只有跟自己對話，才能找到內心傷痛及脆弱的那一面，去面對它，並努力去戰勝它。

不需要羡慕其他閃耀的星星，
只需要喜歡自己發光發亮的樣子。

◆ 第 二 章 ◆

勇氣

苦甜巧克力

成長的路上總是苦甜交錯，
但卻也能讓我們擁有力量。

5

一段時間後…

6

7

8

只要持續加油，
相信努力總有一天
會被大家所看到！

失敗不是代表結束，
而是另一個機會的開始。

44

我相信你很勇敢，
一定能自己再站起來！

許多事換個角度去看或許就能夠得到更好的結果，
雖然過程會有些困難，但絕對值得去嘗試。

就因為我們微小，
所以才能有如此廣大的世界
可以去探索、冒險。

47

只要跨越前方的難題，
之後回頭看，就會覺得
這一切都是值得的。

只要跨越前方的難題，相信之後回頭
看就會覺得這一切都是值得。

生活中難免會遇到大大小小的難題，有時就像
一座座聳立在面前的高山，阻擋在前方。光是
想像要攀登到一座山的山頂就已經夠困難了，
更何況是這麼多座，簡直是不可能辦到的事。

但是，這樣的時刻卻也是考驗自己意志力和潛
能的時候，如果能在逆境中不斷地激發鼓勵自
己，一步一步往上爬，過程中再慢慢地修正，
最後一定可以找到一條正確的道路。

不用擔心走得慢，因為你正在前進，最終就會
抵達目標並看到美麗的風景。最後，你也會看
著自己一路克服爬上來的道路，心裡覺得驕
傲。

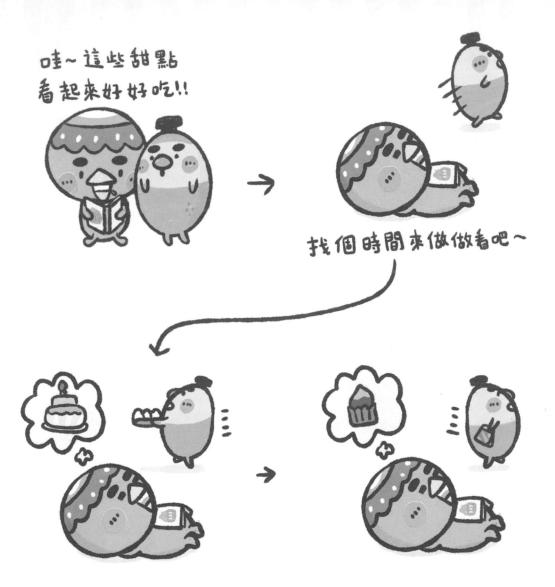

一段時間後

我們常常會訂下了許多目標，
但最後卻不了了之。
因此，就從每個當下
開始去實行吧！

跨越它，
距離下個目標
又更近了一些。

52

面對許多問題要處理時，
就像身處在大海中，
如果不是努力游上岸，
就是往下沈。

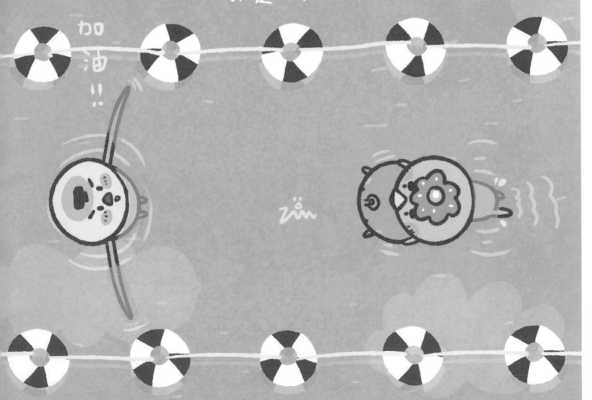

讓心情保持開朗，視野廣闊，
困難就會變得不那麼困難。

讓心情保持開朗，視野廣闊，困難
就會變得不那麼困難。

面對困難或辛苦的事情時，我們總會很容易就
聯想到一些負面的字眼，像是「這我沒辦法
吧，感覺很吃力」、「怎麼可能辦得到！」……
類似這些否定自己的想法。然後，心情也會跟
著變得煩悶不開心起來。

但既然這些事都無法避免，都一定要面對，那
為什麼不試著用開闊的心胸去面對呢？

試著轉換心情，把心中的負面能量清掃乾淨，
讓心情保持開朗。當視野變得寬闊後，就會發
現原來自己只是太過於執著在一個小地方，卻
不知道其實有更多的解決方法在等著你去發
現，世界其實還是很美好。

多多觀察生活中的小細節，
往往是就通往成功的第一步。

記得把微笑帶出門。

總是要有所改變，
才能去到更嚮往的美好。

很多時候，我們只是缺少勇往直前的決心和勇氣。

有時我們會因為害怕遭遇到失敗，因而不敢嘗試新挑戰，擔心著自己的能力不夠好，無法達到目標，所以就選擇繼續停留在自己可以掌握的範圍裡，做已經會做的事，遲遲沒有行動。但是，說不定在這段期間中，已經錯失了許多寶貴的機會，而錯過的原因，就只是缺少了那份奮勇向前的勇氣而已。

其實，失敗只是人生當中的一部分，如果只是因為害怕失敗就停滯不前的話，那麼其實也等於連成功的機會都喪失了，而夢想也就永遠不可能實現，這不是很可惜嗎？不過，時間還來的及，現在就鼓起勇氣，大步向前邁進吧！

害怕失去的愈少，心就愈自由。

快抓住前面
的旗竿!!

學著去解決問題,
而不是等它來把你解決。

他們決定每天都
撿一些些垃圾。

漸漸地愈來愈多人加入。

不好意思，我們亂丟垃圾。
也讓我們一起加入吧!!

歡迎呀～

不要小看自己的力量，
我們也是每天都帶給
這世界一點點的改變咖!

放心去做吧！
整個宇宙
都會幫助你的。

放心去做吧！整個宇宙都會幫助你的。

是不是有過這種經驗，每當有一個規畫或是目標想要去執行時，會在一連串的思考或假設結果後，便突然放棄不去做了？這樣真的是很可惜的事，因為連嘗試都還沒有，就已經先把自己給否定了。

曾經看過《秘密》這本書，它說其實宇宙是可以聽到你心中的想法，並且會幫助你完成它。所以當我們任何事都用否定的用詞，就會造成宇宙的誤會，使這件事情能達成的機會降低；反之如果用肯定的用詞，那麼整個宇宙都會聯合起來幫助你，努力去實現你想得到的結果。

下次再遇到這樣的狀況時，請大聲告訴自己「一定可以」，並放心去做吧。

不要逃避問題，就是一種有勇氣的表現呦！

嘿!練習替自己做一次決定吧!

當你放鬆，就會發現
事情也都變得輕鬆起來了。

73

不一定要爬到很高的位置不可，
只要找到適合自己的地方就好。

打氣~打氣~替你充滿能量！

◆ 第 三 章 ◆

生 活

幸 福 霜 淇 淋

只要可以保有正面樂觀的態度，
相信生活就可以像霜淇淋一樣美味幸福。

每天給自己一個小挑戰，
　　　設下目標，並盡力去完成它！

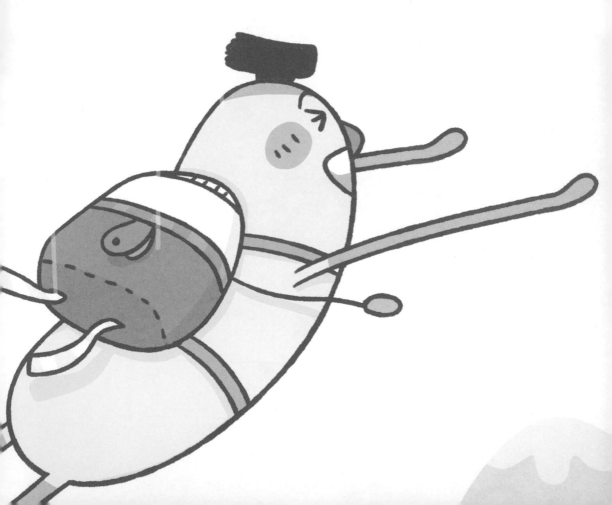

每天給自己一個小挑戰，設下目標，並盡力去完成它。

會不會覺得每天都過著漫無目的，一成不變的生活，並這樣週而復始的重複著，對生活開始失去了熱情與動力，就好像卡關一樣無法前進到下一個關卡？

在這樣的時候，請試著給自己設下一個目標，讓生活有方向。不用很遠大，就算小到只有每天能保持固定時間起床不貪睡也行，完成後再設定新的目標，一步一步前進。

慢慢地就會愈來愈有成就感，對生活也會開始感到新鮮有趣。同時目標也會愈來愈接近你的人生價值，經驗值也會一步步提升，最後就能挑戰愈來愈難的關卡了。

有時過於執迷眼前的風景，
往往就忽略了正在你身旁
閃閃發光的星星。

即使希望渺小，
但只要有一絲機會，
也要努力去嘗試看看。

● 特獎!! x1
二等獎 x 10
30

珍貴點點滴滴都要好好的收藏起來。

不管有多忙碌，都要擠出
一點點時間休息。

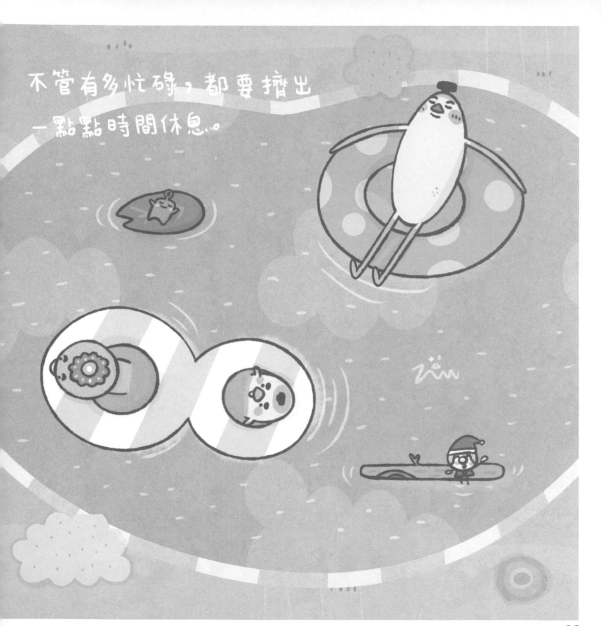

當你笑開了，
全世界的花也會跟著漂亮綻放了！

當你笑開了，全世界的花也會跟著漂亮綻放了。

我們的情緒常會很容易就受到外在環境所影響，這是很正常的，但如果常常苦著臉，一副不開心的樣子，不僅對生活不會有任何好處，說不定還會更糟糕；相反的，如果用微笑去面對生活，讓別人覺得有親和力，也就會有更多人樂於跟你來往，並且讓周圍的氣氛都跟著和樂及熱絡起來，經歷的事情也可能會因此變得更好。

記得，微笑是個很神奇的東西，無論是不認識或是熟悉的人，一個微笑就能拉近人與人之間的距離，它不僅是全世界最美好的語言，也能給別人帶來溫暖，並感到開心自在。每天都要記得提醒自己，掛上微笑，並告訴自己今天又是美好的一天。

在陰雨綿綿的天氣裡，
與其等待好天氣，
不如先學會
讓心情開朗。

在猶豫不決時，
試著傾聽自己
內心真正的旋律，
說不定能在
音符的跳動間
找到答案。

在猶豫不決時，試著傾聽自己內心真正的旋律，或許就能在音符的跳動間找到答案。

在現代這個節奏快速的世界裡，每天都有成堆的訊息等待我們去接收處理，但自己內心的聲音卻慢慢被埋沒遺忘。於是當眼前出現很多事情需要選擇時，就會感到徬徨不安，一直反覆思考，害怕做出了錯誤的決定會因此而錯失機會。

其實，面臨這麼多選擇的你，心中一定有一個明確的答案吧，只要聽聽自己心裡的聲音，跟他說說話，就會知道下一步該往哪個方向前進。一起試著找尋屬於自己的意義，並努力活出自己的模樣吧。

想哭就哭吧！
淚水會灌溉你的內心，
讓自己更加成長。

日子雖然無法每天都照著
自己的想法走，
但能平安過完每一天，
就是最幸運的日子。

感激你現在所擁有的，
因為當下的每一刻
都是最美好的時刻。

感激你現在所擁有的，因為當下的每一刻都是最美好的時刻。

人生的每一刻，其實都是最美好、最珍貴的一刻。因為過去的時間不會再回來，而未來還是個未知數，不知道會發生什麼。

所以「當下」，是我們唯一可以掌握住並擁有的部分。要好好珍惜現在，才能擁有現在，不必為了接下來會發生的事擔憂，也不用為了失去的過去感到惋惜。

只要負責任地把每一刻都過的精彩、充實，讓此時此刻變得更美好，不僅可以享受當下，同時也會讓下一刻的你，能為你上一刻所做的事情感到感激和驕傲。

每天一定都有些值得開心的小事，
試著像切好的西瓜一樣，
保持 甜甜的 微笑吧！

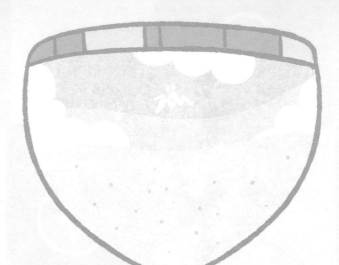

不要處於等待的狀態 讓時間一直流逝過去。

每個人多少都會遇到別人無法幫上忙的時候，
所以要練習一個人時也能很勇敢才行喲！

把喜悅跟朋友一起分享，
會擁有更多的快樂。

把喜悅跟朋友一起分享，會擁有更多的快樂。

曾經聽過這樣的一段話：「如果把快樂跟一位朋友分享，那麼自己將會得到兩倍的快樂；如果把悲傷跟一位朋友訴說，那麼將會分掉一半的憂愁」。

我覺得這段話非常有道理，換個方式說，也就像小時候在學校考了一百分，放學後就立刻馬上跟家人分享，而家人也能跟著感染到這份開心一樣。

其實分享本身就是一種喜悅，如果把內心的快樂與朋友分享，也能讓對方的煩惱一掃而空，心情變得開朗，而自己也會感到開心。這便是因為分享而能擁有更多的最佳寫照。因此，記得要去感受分享的快樂，並不吝嗇地分享自己所擁有的吧。

努力在生活中，
發現令人開心的小事物。

OOXX
70%
OFF

有靠山的感覺
真好。

103

生活就像一本書，
一天讀一頁，也多學到了一些。

不用擔心，
我會與你找到正確的道路。

生活中的一切都不是理所當然，
記得感謝身邊每一個付出的人。

別忘了在烏雲上方，等著你的是蔚藍的天空及耀眼的太陽，撥開它吧!!

109

能有現在的完美呈現，
都是需要累積許多失敗才能獲得的。

**在關心別人的同時，
也不要忘記照顧好自己呦！**

我們總是關心提醒身邊的家人朋友，天氣冷記得把衣服穿暖；感冒了要多喝溫開水、按時吃藥；需要幫忙時隨時說一聲……這可能是因為我們對親近的人總會有股責任感，認為把關心的人照顧好是自己的責任，於是乎會變得總是忙著照顧別人，卻常常忽略自己。

不過，就因我們是如此重視他們，所以更要先把自己給照顧好才行，多注意自己的身體健康，因為唯有強壯的身體，才能在接下來的道路上繼續照顧自己關心的人。

世界很寬廣，別困在自己設下的框框裡了。

◆ 第 四 章 ◆

愛

蜂 蜜 蛋 糕

生命中各式各樣的愛都會溫暖我們，
像是柔暖的蛋糕，溫柔包圍著自己。

只要有喜歡的人在的地方，
就是最好的地方。

其實夜晚並不黑暗，
因為我已經幫你
點開星星掛上月亮。

好朋友，
謝謝你總是在背後，
用各種方式激勵我，
讓我更有動力前進。

雖然無法當一座強壯的高山
擋住強大風雨，
但至少能讓你在大山中
有個安全的地方。

好朋友，總是有聊不完的話題。

不管是半夜一起窩在棉被裡聊到天亮，還是在手機螢幕裡的訊息，好朋友總是無處不聊，也無話不聊：課業、愛情、夢想、開心的事、難過的，甚至是天馬行空……總會有許多話題，就因為是能談心的朋友，所以就算聊好幾個小時也不覺得累。

我很開心自己就有這麼一位好朋友，他陪伴我這麼長的日子，因為有他，讓枯燥乏味的事都能夠變得有趣不平凡；因為有他，每當在我遇到任何問題一起聊天後，問題似乎都有了解決的答案。希望大家也都可以擁有一位這樣的好朋友。

有時候只是比較不會表達情感，
但還是很在乎你的。

能遇見和自己一拍即合的你，
我覺得自己很幸運。

就因為對彼此的信任，所以才能給

對方屬於自己的自由小空間。

128

誰叫我們是
遇到困難
要一起面對的
好朋友呢?

誰叫我們是遇到困難要一起面對的好朋友呢!

謝謝你知道我有困難時,選擇跟我一起面對,而不是默默轉身離開。

那些大大小小的挫折及難題,都因為有你陪伴,才讓我能勇敢地走過並且去克服,雖然有時在過程中有爭執或跌跌撞撞不順遂,但卻很充實、勇敢,相信一起經歷過種種困難的我們,面對下一次的挑戰也一定沒有問題。

真的很感激每次說出:「誰叫我們是好朋友,遇到困難當然要一起面對呀!」的你,也期望之後一起面對的不是困難,而是美好的事物。謝謝生命中的好朋友。

我們無法決定誰會喜歡這樣的你，
但你要先喜歡現在的自己。

雖然只是一句短短的話，
卻能帶給我無比的力量。

會愛自己的人，
我相信一定會更有能力
去照顧另一個人。

默契就是只要一個眼神一個動作，就知道我在想什麼。

好朋友，擁有無比的默契。

默契就是：會不經意地在同個時間說了同一句話；在聊天時，腦中才剛想到一件事，你也幾乎在同一秒說了出來；或者是在想要打電話給你時，你就恰巧來電，有好多好多這樣神奇的巧合時刻，都讓我們為彼此默契感到驚歎。

也因為有了長期培養出來的默契，所以常常不用冗長的說明，只要一個眼神就知道今天的心情如何，一個動作就知道接下來要做什事，這應該算是兩人專屬的秘密暗號吧！很幸運能遇到心有靈犀的你，希望未來依舊能夠創造更多屬於我們的專屬默契。

138

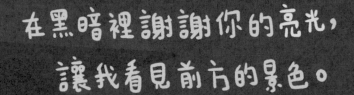

在黑暗裡謝謝你的亮光，
讓我看見前方的景色。

如果可以，我希望能為你分擔一些壞心情。

在我眼中你就是
最獨一無二的呀!

在我眼中你就是最獨一無二的呀！

每個人都是世界上獨一無二、無人能取代的個體，但我們卻總是喜歡跟其他人做比較，與其他人相提並論。因此在無形之中，也會漸漸就把別人當成是衡量的標準，並且認為那樣才叫做完美，最後產生了不必要的羨慕與忌妒。

其實你不用非要達到別人的期望或想法不可，去選擇自己應該做什麼，每個人身上都有獨一無二的潛能和長處，好好利用並展現它就行。

因為在我眼中，我就是喜歡那個自然不特意模仿其他人的你，你就是最特別的，沒有人能取代你。

雖然前方有很多困難，
但我知道,有你跟我在一起,
所以我不會害怕。

謝謝你
總是讓鹹鹹的眼淚，
變成甜甜的笑容。

不管多重我都會將你背起，
因為你是我最重
要也最甜蜜的負荷。

其實，家人愛你比愛他們自己還要
多。

出外讀書的我，每當久久一次回到家中，平常
簡單飯菜的家人就會特地為我準備一桌滿滿的
食物，因為擔心獨自在外會吃不飽。總把最好
的東西留給我們，自己只要能用就行；不管我
們去哪裡，總是掛著一顆心希望我們平安……
從這些小事中就可以發現家人對我們的愛有多
少。

所以有空時，記得要多多關心陪伴家人，回報
他們愛，不要因為長大了，身旁多了許多新朋
友或因為工作的關係，而漸漸地跟家人的關係
變得疏遠。

只要看到你笑笑的樣子，
我的心情也就會跟著開心起來～

因為有你在背後的鼓勵，
我相信我可以飛得更高更遠。

因為有你在背後的鼓勵，我相信我可以飛得更高更遠。

很多時候，因為有你在背後的幫忙，為我分散了不少的負擔和壓力，有些事情雖然能夠自己完成，但因為有你的加入，可以變得更快更有效率。當遇到無法幫上忙的事情時，你也會默默地在背後關心並為我打氣鼓勵，做你所能為我做的一切。

謝謝你讓我安心也讓我知道，我不是一個人獨自往前飛，當我感到沒有力氣繼續前進的時候，會有人在背後為我上緊發條，讓我重新獲得新動力，再一次飛行，並且飛得更高更遠。謝謝你。

謝謝你總會牢牢記住我說過的每句話，
並想辦法去--完成。

謝謝你將本書閱讀完畢。

希望能帶給你滿滿能量兒，

繼續面對眼前的任何難題，

如果當你需要有人的陪伴，

我們一直在這裡等你，

歡迎您隨時回來這裡呦！

你好嗎？我一直在想你

作　　者／力恩君
美術設計／力恩君
責任編輯／蔡錦豐
國際版權／吳玲緯
行　　銷／艾青荷、蘇莞婷、黃家瑜
業　　務／李再星、陳玫潾、陳美燕、杻幸君
副總經理／陳瀅如
總 經 理／陳逸瑛
編輯總監／劉麗真
發 行 人／涂玉雲
出　　版／麥田出版
　　台北市中山區 104 民生東路二段 141 號 5 樓
　　電話：(02) 2500-7696　傳真：(02) 2500-1966
　　blog：ryefield.pixnet.net/blog
出　　版／英屬蓋曼群島商家庭傳媒股份有限公司城邦分公司
　　台北市民生東路二段 141 號 11 樓
　　書虫客服服務專線：02-25007718・02-25007719
　　24 小時傳真服務：02-25001990・02-25001991
　　服務時間：週一至週五 09:30-12:00・13:30-17:00
　　郵撥帳號：19863813　戶名：書虫股份有限公司
　　讀者服務信箱 E-mail：service@readingclub.com.tw
　　歡迎光臨城邦讀書花園 網址：www.cite.com.tw

香港發行所／城邦（香港）出版集團有限公司
　　香港灣仔駱克道 193 號東超商業中心 1 樓
　　電話：(852) 25086231
　　傳真：(852) 25789337
　　E-mail：hkcite@biznetvigator.com
馬新發行所／城邦（馬新）出版集團
【Cite(M) Sdn. Bhd.】
　　地址：41, Jalan Radin Anum,
　　　　　Bandar Baru Sri Petaling,
　　　　　57000 Kuala Lumpur, Malaysia.
　　電話：+603-9057-8822
　　傳真：+603-9057-6622
　　E-mail：cite@cite.com.my
印　　刷／中原造像股份有限公司
總 經 銷／聯合發行股份有限公司
　　電話：(02)2917-8022
　　傳真：(02)2915-6275
初版一刷／ 2016 年 4 月
著作權所有・翻印必究
定　　價／新台幣 299 元

你好嗎？我一直在想你 / 力恩君著 . -- 初版 . --
臺北市：麥田出版：
家庭傳媒城邦分公司發行 , 2016.04
　　面；　公分

ISBN 978-986-344-327-8(平裝)

855　　　　105002359